JN060245

闇の中に消えた言葉の秘密

平出 美恵子
HIRADE Mieko

文芸社

自分の隣に置いてきた一通の手紙を隠れて読んだその日から
口に出せない切ないものを失った時間に追い出され
変わり果てた自分の心に一言一言
流しては消して
何も言わない風の向こうに失われた時間は戻ってこない……

目次

言葉と生きる

言葉によって、悲しさも、喜びも、切ない時も、愛する時も、楽しい時も、泣きたい時も、苦しい時も、恐ろしい時も……。

言葉の数々の中に人は生きている……。

私もその中のひとりです。

言葉と共に歩き出し、人との交流の中で会話もあり、生きていくうえでとっても大切な言葉を、人間は知っているのでしょう。

自分の姿の中にも言葉は生きている。

心の中で生み出された言葉の意味を理解して、人との話の中で、何かを育てていかなければならない……。

夫婦の絆、友情の架け橋、老後の楽しみ、子供の頃からの青春の思い出は、言葉と共に生きていく定めなのかもしれません。

誰もが感じる言葉によって、傷付く心を誰が知るでしょう。

その人、自分にしかわからない。

人との出会い、友との出会い

人生の中で出会い、言葉のやりとりのなかで仲間ができ、色々な生活の中で生きてゆくうえで、人と交わるなかで自分を考えて見直してゆく。平凡な中に掛け替えのない出会いを求めて、人生というのは計り知れないものなのです。

つくづく自分を振り返ってみると、そこには自分の知らない姿があり、自分の記憶の中で、何かが無限に過ぎ去ろうとする……。

独り言とも思えぬ口調で、ぎこちない緊張と、気抜けしたような蝉の抜け殻のようだった。……しばらくすると私は、自分の足りない言葉の意味を誤解され、顔も上げられない状態でいた。あまりにも知らなすぎた人とのコミュニケーションを、人との輪の中で……もしかすると、という期待を感じるような思いだった。

人生にとって、言葉ほど大きなものはないと、私は思うようになっていた。

人の心が、好きなように言葉によって変化してゆくなかで、私は予想もしなかった。心との戦いの中で、言葉の重大さは予想もしなかったことでした。このような言葉が、現実に私の周りで実際に起こり、「ドラマ」のような出来事が「スタート」しているようです。

すべての人が純情であれば、気持ちが穏やかになる。人々が美しさを感じ、過ぎた思い出をたぐることなく、日常の中で疲れた心を癒やしながら、無意識のうちに次の場面が消えたり映ったり、まぶたの裏で夢でも見ているかのように、「何かのシナリオ」のような悲しい物語が書かれているかのように思う。

自分の言葉を繰り返し繰り返し心に受けた時、まったく気付かなかった共通したものが見えてきた……。

過去に行く手をさえぎられ
手掛かりなしに歩き出し
濡れ衣を着せられし
待ちわびる自分の心のすれ違い
あなたに求める哀れみを
私の願いを形に
心の持ち方いたずらに
思い出すたび心が痛む

じっくりと考えてみたら、私はひとりの人間として共通している。

心と心が、過ぎ去った時間の中で記憶を失う。過去の思い出を取り戻すために、周りの人の不思議な力を無意識の中で書く時、素晴らしく繊細な記憶が甦る。言葉と歩んできた道で、今考えると、以前よりも互いの気持ちを大切に守ることで、いくら親しくても言葉によって、それが良くも悪くもなることを考えなければならない。

友達という間柄でも、何よりも心の持ち方・考え方によっては、その人々との会話の中で一番大切なものは何かを……。

うまく言葉で言えないけれど、お互いの長所・短所を見分けることが何よりも大切なことだと思う。

私のことをわかってくれる人は少数かもしれないけれど、自分の考えや人生は共有するものではないと。

色々な場合にでも人は、ひとりでは生きてゆけない。人の助けがあって初めて、自分というものがいることを……。

もう誰も愛せない
思い出すたび心が痛む
もっともっと
私の心は強い目線であなたを見つめたい

あなたの姿が消えていくような存在感も
オレンジ色に染まる
私の心をあなたの胸で受け止めてください
言いしれぬ感情を抱いて
心のすき間をあなたにたくしたい
私の心に甘えがある限り
人を愛することの愚かさを
遠くにありて近くにある距離を
あなたは優しく包んでくれますか

職場での出来事

それは、上司の一言から起こったものだった。

こんなにも脆《もろ》い友情だったのか。

私と南さんとの友情の崩壊は、言葉の暴力から始まった。二人の友情は崩れさる。南さんは女性の中の女性なのかもしれません。華やかなことのできる女性です。誰からも愛され、可愛い女性だと思います。

私は南さんとは正反対で、多くの人を愛することのできない女です。ましてや男性に対しても、心の狭い女です。

南さんは心の広い方だと思います。

私にはないものも多く、男性からも親しまれ、とてもすてきな人だと思います。

私はひとりの人を愛することはできても、多くの異性を愛することなど……。

上司の一言から始まった友情の崩壊、崩れさる私の心。

深い谷間に突き落とされた私の心の痛みは計り知れないものでした。

その頃家庭においても、私の心は痛みと涙の日々でした。

私は主人ひとりを愛していたのですが……主人は、それがいたたまれなかったのでしょうね。

「私はやきもち焼き」

職場のこと、主人のことをもっと広い角度から見ていたら、こんなに思い詰めることもなく、もっと可愛い女でいられたかも……しれないですね。

主人との会話もなく、食事をとることもままならぬ日々が続き、体調が限界に達した時、私の心は精神的にも肉体的にも崩れ落ち、病院へと。私の体がむしばまれているような心の痛みを、誰にも話すことすらできないなかで、自分に言い聞かせていた。

仕事場と家庭を往復しながら、忙しい毎日の生活の中で、私の体調は悪くなるばかりだった。私は思い切って主人に職場での出来事を話したので、心の傷は少し和らいできたが、心はボロボロだった。かかり付けの先生にお願いしたが、取り合ってもくださらず、主人の探してくれた心療内科へ行くことにしました。その時の体重は四十キロでした。

自分の生活の組み立て

主人と今後のことを話し合いたいと何度か思い、恐る恐る主人に話す。自分の気持ちを変えても、絶対に私の中にある家庭の絆を認めてほしかった。表向きの家庭ではなく、二人の愛の絆がほしかった。時間の過ぎるのも忘れて、主人との関係を何度も考えると、現実的には難しいものだった。いざ自分が真剣に考え、誰も心から信用ができない人間なのだろうと思う不安のなかで、重要な話し合いをするために、自分の役割を果たす。ひとつでも可能性を追い求めて、二人で生きるために信用をつかみたかった。

どこへ行くともなく風のように
出てゆく彼は
いつ帰ってくるともなく
明かりのない家に
心の安らぎもなく
笑顔のない妻を

彼は逃げ出したい思いだったかも
やきもち焼きに涙のあと……
　上司の計画にはめられた私

自分の意気込みとは裏腹に、働く意志と能力の限界を必要とする私の心はいつも張り詰めた気持ちだ。自分との精神的な闘いの中で、恐ろしい自分を見つめることで抜け落ちていく力を調整しながら……自分の体力の必要性に懸けて、自分自身が人に気付かれずに仕事をしたいという願望があった。

打ち消そうとする自分の心の中で、青白い顔をした自分。

私は捨て場のない苦しみを感じていた。

笑うことすらままならぬ日々の中で、降りかかる炎の中で、心の音が聞こえてくるような自分の顔が水面に映った時、初めて自分の姿を見て、震えの止まらない恐怖を味わった。

絶望のどん底に落ち込んだ
何度も話しかける姿があった
うっすらと脳裏に浮かんだ
口数も少なくなり

心もささくれだった
周囲の雰囲気に漏らした言葉が
胸に突き刺さった
気持ちは強かった
残りの可能性にかけた
緊張した面持ちを意識して……

いま自分が生きてゆくなかで、コントロールできないほどの無駄な毎日が過ぎてゆくなかで、私の見たものは、私に悪いことをしているという気持ちを一層深くさせた。心の奥にひそめている私の痛みを、誰が知るであろう。ある者は、何喰わぬ顔でそれを面白おかしく言葉にした。私は、そんな理性をどこへも吹っ飛ばすことすらできず、あらゆる手段を考えた。上司の口から出た一言によって、私は身も心もボロボロになり、その果てに、眠れぬ日々を過ごさなければならず……タイムリミットの中に自分がいた。

立ち上がって歩こうとしているのではなく、自分の気持ちの行き場を考えることすらできず、飲むことすらできない酒を……決して好きでもないのに飲まずにはいられない感覚にとらわれ、周りに迷惑を掛けることすらわからず、自分の心の痛みがすり抜けていくような感覚にとらわれた。

孤独に打ちひしがれている私は、まるで表情のない顔をしていた。私は泣きながら自分ではないと。これは人によって作りあげられた物語だと、自分に言った。

なんでこのようなことをするのか、私には信じられない。繰り返し繰り返し、必死で自分ではないということをアピールしたかった。

上司は私に暴言を浴びせながら、なんの対応もせず、人々の話すことに付け加えて、面白おかしく話す。それに対して、私はこのように感じた。自分を信じてあきらめず、迷ってないで行動を。信じ合える友がいて、親しみを覚えて優しく答える自分がいて、多くの人との語らいを、言葉の意味を把握して、心にゆとりを持って笑顔で語り合い、好きになれる交流の場で働く者に対して、上司の考え方で、罪のない者の働く場を失わせることは許されるのでしょうか。人の気持ちを、女性であるがゆえに、壊れそうなガラスのような気持ちを、上司といえども人の心の傷をいたわり、その大切さを理解できないのでしょうか。人の痛みを、少しでもそっと包み込むような温かい風が心の中にあれば、相手の気持ちがわかるのではないでしょうか。

あくまでも現実とは異なる虚しさはあるけれど、少しでも気持ちがあるのならば、壊れた心の傷は癒えるのでしょう。

少なくとも私は、その事実にショックを受けた。私は本当の意味で、自分が必要とされていないことの恐ろしさを知るよしもなかった。

ひとつは自分の人権、理性、理想。自分の力でものを考え、個人個人の人権を守り、人への思いやりを大切に考えなければならない人間社会。自分の運命も自分が決めることの重大さを考える。現状を自分が知るということは、極めて苦しい選択かもしれない。

大切なのは、しっかりとした判断力と行動することの勇気です。

人の心を奪おうと思っても、人の心の信号は大切な人間の一部分なのである。

未来を切り開く人生の中で、人物像を描き、自分の力によって知識を高め、努力によって育てられる自分でありたい。

自分の個性を知り、他人との重要性をばねにして、好奇心をもってあきらめず、面白い道を楽しみながら人生を送ることの大切さを知った。

人との心のふれ合いに
人の心の哀れみを
心の痛みしのばせて
もろく壊れる小さな命
人と心を結びつつ
哀れに思う愚かさを
明日への愛にたくしたい

自分では理解できないほどの圧迫感があった。私は多くの人達に、自分ではないことを伝えたかった。心の行く手を前が見えないほど深く自分を追い詰めて、大自然の中で見たもの。青い空と緑の雑草に、そよそよと吹く風の流れが、私の「ほほ」をなでた時……初めて知った私の心の中を……。

風の音も、川の流れも、鳥のさえずりも、自分の中には聞こえないような壁にへばり付き、ゆとりもなく気付かなかった。

散歩することで、自分の心の傷を癒やしていた。流れる水のように、私も潔く生きたいと思った。身も心も涙でぬれた私の顔は、「人」知れず愚かな姿そのものだった。

雑草のように、私も強く生きるということを心の中で叫びながら、言葉の欠片をたくした。

野に咲く花は香り高く
人の心を包んでくれました
野に咲く花は恋の架け橋のように
いつも温かく見つめています
たんぽぽの花は、綿毛のように舞い上がり
野に咲く命をくれました

鏡に映した私の姿

引き込まれてゆきそうな自分の姿を鏡に映した時、自分の落とした一言によって自分を追い込み、胸が張り裂けるような境遇に落ちた時、抜け道を探して、思いを受け入れない自分が寂しかった。

青白い顔をして鏡に映る自分を見た時、まるで声も上げられない表情だった。

このような姿を人が見れば、どのように映ったのでしょう。

地肌が凍り付くような自分の影に、不気味なものを感じ、それがむき出していたとは思わなかった。次々に起こる嫌な出来事に、私は不安と冷たい空気を感じ取った。

現実から逃げたいと思う気持ちに大きく左右され、精神的にも心の余裕すらないなかで、人の気持ちを受け入れることなど、自分にはできなかった。

周りの人を気遣うことよりも、痛くもない心を探られていたことに気付くことすらできず、自分自身がこのようなことになって初めて気付いたことだった。

人を疑うことを知らない私は、人を信じるということを深く思っていたため、疑うことが苦しかった。

間違ったことのできない私は、主人に対しても、人に対しても、自分の気持ちを追い込んで
でも、人の気持ちを先に考える自分だった。
自分の心を痛めても、人に対してはよき人でいたいと思う。

あなたの愛に心を探し
聞き慣れた言葉の数々あれど
あなたは黙って受け入れし
心の病を静かに流し
やさしく微笑み
やさしく包んでくれました

二人の自分

「ちょっと、私の話も聞いてよね」

「でもなんか、しょんぼりしそう」

「私も人に、心の内を打ち明けたいわ」

「でもね」

「やっぱり最後は、何でも話し合える友がいれば……」

「本当に話したら、傷付いた心は許せるかな」

「もっと真剣に考えているの……」

「あなたが迷うことは何もないのに、なんで」

自分の置かれた状況を思い出し、好き勝手なことを言われていて……。

「それで、あの人達を許すの」

「おかしなことよ」

気まずい気持ちでいるのは嫌だけど……。

それは、三年前の出来事から始まる言葉の暴力である。何も知らない間に起こった、私に対する言葉とは、上司からの一言と、ひとりの男性からの言葉が同じ意味であったが、その時、何が起こっていたのかしら、私にはわからなかったのである。

色々な人から聞いて初めて、事の次第がわかり始めた。それに私が関与している、というような言葉だった。最初から最後まで、私ひとりがやったようなことを……。

ふと気がつくと、言葉はひとりで歩き回っていた。仲の良かった友は、そのような出来事が起こってから、私との仲がなくなった。

職場ですれ違っても、顔を見ることもなく、挨拶すらなくなった。

私は自分の気持ちを切り替えるのに時間がかかり、言葉を引きずりながら呑み込むことすらできない。お互いの気持ちが向き合わず、その後の私の体調は悪くなるばかりだった。

私を替え玉にして、のうのうと職場で働いている者は、いったい誰だろうと思い続けた。

私の言葉は届かない

明日に向かって生きてゆくなかで、私の見たものとは……私はその時、不思議な光景を目にしながら、何者かに自分の心の中を切り取られたような思いがした。

やがて、光と音は闇の中へ消えていった。

自分の心の音が刻む音と、消し忘れていこうと思う心のふたつが交差して、自分が誰かにたたかれているような気持ちのなかで、闇は消え去ることなく、胸はぱくぱくとゆっくり歩みよっていた。自分の頭の中では、私をリストラするためにこのような方法をしむけたのではないかと思った。

現代の社会では、言葉遣いが丁寧な態度でなければ渡っていけないような、職場での問題なのかもしれないと……。

自分の心の奥に閉ざされたものとは何か？

深く考えたことはなかったが、自分の心の声に聞き返した。自分の思い、自分の表情を少しでもわかってくれる人がいるのならば、うれしいと思う。

言葉を気にしないようにしていても、自分の置かれた状況の中で言ってしまったら、別の感情を抱かずにはいられなかった。

なんでもない寂しそうな自分の心の傷は、どちらにせよ想像しづらい自分であった。

ぼんやりとそのようなことを考えていると、目の前に不思議そうな顔で、私を見ている人がいた。まるで、私の頭の中と心の中を誰かに持っていかれたような、言葉では、全く言い表すことのできない感覚だった。

自分の立場と病気のせいでパニックになって、明け暮れる日々を送っていたある時、私はもうひとりの自分を見つめて静かに目を閉じ、自分の気持ちを変えることで、もうひとりの自分に感謝してみようと思った。

私はいつも相手の本当の気持ちを知ることが怖くて、言葉を出す勇気がなかった。

良いパートナーを見つけることの難しさを、私は教えてもらった。

お互いに違う才能を持った人間がいること。一方では正しいと考える人、一方では正しくないと考える人……。

毎日、言葉の端々にぶつかりながら知り合った人間関係の中で、プライドのある人ない人が入り交じりながら、人間は仲直りする時には一言「ごめんね」と言えばいいのに……。

そして、ひとつひとつの言葉に出会った時、意見や批判が飛び交うなかで、友が横にいればどんなにいいだろう……。

世の中のすべての人は、言葉というものを、どれだけ理解しているのでしょう。

お互い自分の考えを主張するのではなく、互いに共同して、無理のない生活が必要だと思うのです。

何事も自分のことのように思って、助け合っていける友達でいたい。

あまりにも違いすぎて人の言葉を理解できず、その意味を見過ごしているのかもしれない。

すれ違いの出会いの中で、言葉の流れによって、これは運命のいたずらなのでしょうか……？

深い眠りに誘われて
闇の中に消え去りし
遠い絆を見返せば
心の奥に流れ込み
愛する人との交流を
音と共に見え隠れ

うつ病になって

うつとなって、初めて考えさせられたこと。

自分の心は傷付きボロボロになり、体も弱ってゆくなかで、自分自身も暗くなっていく寂しい瞳の奥に、深い心の傷を持っていた。

つらい思いをしてきた自分に対して、これ以上傷付きたくない、強い自分になりたいと思う自分がいたのです。その日から想像もできなかった、自分との闘いが始まったのです。傷付いた私の心を労《いたわ》りながら、解放感と自由をもらった私は、心の痛みを少しずつ取り戻しつつあるのです。

私は、うつという病気になってから、自分の気持ちを変えることで、人とのつながりが見えてきたのです。人との言葉のなかで、自分に見えなかった人との会話……。

一杯のコーヒーを飲みながら話してくれた人と過ごした時間が、他人事のように思えたのでしょう。

ぼんやりと石に腰掛け、二人で話した思い出。あの時のことを考えると夢のような一日でした。

繰り返し思い出しては笑う日が多くなりつつ、時間の流れに流されて、人との言葉の大切さを知りました。

私がうつ病になってから、最初の出会い。

大切な人は愛をくれた人、感情をもって聞いてくれた人。見知らぬ日から絆が芽生えたのです。それは、私にとって大切な空間でもあったのです。その大切な人は、隣の公《きみ》ちゃんです。

彼女はアドバイスをくれたり、励ましたりしてくれた人です。人はそれぞれ性格も違います。

私は自己中心的な人間なのかもしれませんが、他人に自分の姿を見せるのを恐れていたのかもしれません。

自分の感情を積極的に表せるのであれば、人と付き合い、心を打ち明け、自分の心の内を表現できる。

一度、自分の心の中をひっくり返して見たら、胸のときめきを抑えることもなく、あの時の心の傷も癒えるかもしれない……。だけど、運命は自分でもわからない。

だけど、心の悲しみと痛みだけは、私にもわかる。

何かを感じ、涙を流し、自分の心をとらえながら、希望を持って、花びらのように風に乗って飛んでいけたら……。

何もない野道を歩きながら、一緒に散歩する友がいる。

草原を二人で歩いていると、いたずらっぽく太陽が雲の間から顔を出し、二人の美しい顔に容赦なく照りつける。

ひとりでいる時よりも、公ちゃんといる時のほうが、心の中から舞い上がっているような状態です。最大の友として、彼女と楽しく、周囲を気にせず話せる言葉の数々は、笑いと共に、胸の痛みを忘れていきそうです。

二人の関係は言葉では表現できないほど。さらさらと流れてゆく水のように恋をするような人なのです。

悲しくなったら、私の胸で受け止めてあげるから、いつでもおいでと……。

あらゆる面で、彼女には助けてもらったことが多くあり、私の心も、彼女に寄せる思いが強くなっていきました。

人を怖いと思っていた時期に再び、彼女は目の前で、私との出会いを待っていてくれたから……。私をここまで元気にしてくださった……。彼女がしてくれた二つのこととは、純粋な愛を心の底から私に伝えてくださったこと。今までの出来事に対して、私の話を聞いてくださったことです。

私に対して深く関心を持って対応してくれた人、それが彼女なのです。

職場で多くの人と論争があったなかで、私は懸命に自分の心と立ち向かい続けました。できることならば、このような気持ちとは早く、さよならをしたかった。

私のことを色々な角度から見る方がいたかもしれませんが、見守ってくださった人達もいたのではないかと思います。

ひとりの男性だけを想い求めるひとりの女性は、人から見たらおかしいのかもしれないですね。でも私は、全面的に何の罪もないのに暴言を浴びせられ、心の傷は消えることなく残っています。

辛い気持ちが頭を横切るので、胸の奥深くにしまう決心をしたのです。

私が自分の心の中に留めていることを、上司は知っているのでしょうか。

何も言えない思いを持ち続けることは、私の選択のひとつなのかもしれません。

この職場から姿を消すことが、私のすべき選択だったのでしょう。

「もうやめたい」「逃げ出したい」と思うことが……。

この時点で考えてみたら、現実的にはわからないというのが正直なところです。あらゆる面で、大きな山を越えるのがとっても大変でした。自分の心の暗闇から這い出すことは、自分にとっては味わったことのないものでした。

何度も繰り返し、自分の心の真ん中で忘れ物でもしたように……。

胸の動悸が激しくなり、足を踏み入れたことで、私の体験が日々、思い出されてならないのです。自分の受けた事実を知ってうろたえながら、自分の力ではどうすることもできない、それが運命なのでしょうか……。

心の奥の思い出は
悲しい言葉の滴とて
自分の胸を切り開き
想い留めてゆく姿

思えば思うほど、真っ直ぐ受け止めることが、選択できるたったひとつの方法なのでしょうか……。自分が逃げたくて逃げた訳ではないのです。正直言って、私は恐ろしかった。あの職場で働くことが、自分に何かが向かって来るようで……。私は罪を犯していないことを、どうやって証明できるでしょうか。職場の人は、私が犯したものだと思っているでしょう。自分に対して正直でいれば、きっといつかは、いい日が来ると思っています。それなりの必要性と気持ちは確かでした。私がどうできるものでもありませんし、良い方向に考えていきたいです。私は、自分が予想もできない感情表現が苦手な女ですから、気が小さくて、生きていくためには不安な気持ちを取り払うことから始めるのです。他人を苦しめることを、平気でする人の気持ちがわかりません。

平凡な私のような人間は、日常生活の中で、人の言葉の重大さを知ることができただけでもよかったと思います。

人の性格の違いから私に起こった出来事は、あまり簡単なことではありませんでした。人は、常に行動をしなければならない状況に置かれているのです。

人は、いつも愛されたいと願うものです。

あれほどまでに私を計画的に苦しめた理由はなんだったのか……。すべての人間は変わるかもしれないという不安感の中で、その感情を追いやるために、他人を苦しませることができるのでしょうか……。

姿形は違っていても、生まれつき悪い心の生き方を行動に移したとしたら……。

普通の人の常識では、理解することができないものでしょう。もちろん私は、エサを撒《ま》かれたネズミのように、準備された計画の中に足を踏み入れていたのでしょう。

南さんは、私から遠ざかろうとする。最も切なく友を理解し、複雑な気持ちの中で、友の事実を知った以上、私は少しでも距離をとることにした。

私は南さんを愛していたが、南さんはそれほどまでは考えていなかったのではないか。傷付いた心を、角度を変えて見ると、そこには、自分に対する欲望とプライドが見え隠れしていた。本当に、人生の中で、明らかに自分に見えない糸が絡まっているような、運命の悪戯《いたずら》のようでもあった。

実際、自分の心の中で、何かが走っているような行動なのかも……。

結局、それは私だけのものにすぎないのである。このような自分を見て、落ちてゆく小さな欲望の中で、それはただの夢であっても、涙で嘘の真実を証明したかった。

私は南さんを好感の持てる人だと誇らしげに思っていたから……。もう黙っていることができず……ペンを取って書きました。

もし、南さんが私を愛していると確信していたならば、このように不安にはならなかったと思います。

このような出来事がなければ、感情の流れに流されず、友を愛したでしょう。

これが人間とは思えないほど対立せずにはいられなかったのです。このような状態を、生々しく見ている人もいたから……。

愛されるという言葉の深部に秘められた姿が悪夢ならば、ヒロインとなってゆくでしょう。受け止め方の意味をわかろうとしても、それは人々の好奇心ではないでしょうか。自分をかっこよく見せたいがために人を裏切り、自分の欲望を楽しむかのように見えたが、事実は答えてくれなかった。

いつも同じ言葉が返ってくる。軽い気持ちでいた私は、あくまでもゲーム感覚のように思われていた。私は真剣そのものだったのに、相手の人は表情ひとつ変えることなく、遊び気分でゲームをしていたのでしょう。

私の心は、底知れない胸の奥に落ちたような気持ちだった。相手が私の運命を変えようとしている……。とても不思議な気持ちになった。「迷路」の中に自分がいて、切り離された道に迷い込み、様々な仕掛けの中で、知ることもなく苦しくもがいているような夢を見ていたのかもしれない。

仕掛けられたすべての言葉の裏に、信じられない意味が隠されていたようだ。

しかし問題は、重要な表現と感情を表すように笑っていた。結局はそんなに簡単なものではないのだ。私は納得することができず、言葉の意味も理解できず、不安な時間が過ぎていった。確かに危険を冒すかもしれないけれど、自分の気持ちを殺してまで、流れてゆく水のように流されるのではなく、必死で止めることを……。ドアを開けると、水は流れ入ってくる。自分の心の部屋の中まで水が入ろうとしている。あれこれ知恵を絞ってみたが、頭の中では考えることすらままならない。

このような状態で、自分の心がうずくまっているので、押し通すことなどできなかった。

傷付くすべての心の痛みを
ザルの中に零した水は
止めることなく流れて消えた
細い糸は心を結ぶのではなく
冷たい凍った糸となり
クモの糸のようにはい巡らせていた

何事があっても単純な私は、ゲームのすべてを知ることなく、自分の心に傷を付け、重くのしかかる心の苦しさと闘っていた。

その後、何かが落ち崩れる瞬間に、自分の気持ちを変えるのはどうかと、自分自身に問いかける。

心のドアを開けることで、自分自身の気持ちが変わるのならば、こんなにいいことはないのではないか。必死に頭をひねり、あれこれと考え、感情を心の奥にしまい、良い事だけを考えていこうと思い、自分の姿や影を押し殺すしかなかった。

自分の主張だけを通すのではなく、忘れてはいけない真実を見つめながら言葉を振り返ってみる、必要な事実を常に忘れないように……。年月が経ったから言える話かもしれませんが、あれほど苦しんだ心の傷も少しずつ変化していた。

大切に感じられる言葉を、人との付き合いのなかで感じた。大きな宝物のように思えた。

人の目には、私はどのように見えたのでしょう。たいしたことではないように映ったのかもしれないですね。

人間は、長所もあれば短所もあるように……。

良い所もあれば悪い所も持っていると思います。だからといって、その時々の間違いを見分けることは大切だと思います。

自分の心の中が、どんなふうに変わっていくかはわからないけど、「ドキドキ」ときめく心で待つ瞬間は、愛する人を待っているようにも見えるのです。人と人との交流のなかで、心と心が深まってゆくって、すてきですね。

私の体に事件が起こり、変化してきた心の病は、人との言葉が始まりです。大きな愛の芽を摘まれた心は、自分でも憤りを考えるほどでした。自分が今まで、限りなく愛したものはなんだったのでしょう。心の中に穴があいたようなものでした。傷付いた心に不安と苦痛が甦るような……。心細い何かが、火種のように燻《くすぶ》っていたからでしょう。

口から出た言葉

誰にも止められない、メラメラと燃え上がる炎を自分が見た時、恐れていたことが現実のものとなり、納得のいかない事実が待っていた。自分自身の存在はなんだったのか、やり場のない怒りに変わり、心の内を表に出すことすらできず、我慢するしかなかったのでしょうか……。冷静で冷ややかな人は、人の言葉を聞くことなく、理解してあげようとも思わないのでしょうか……。言葉というものは、人によって変わるでしょうけれど、嘘がばれることで自信もなくなり、以前のように堂々とした姿ではいられないのではないでしょうか。心の傷を元に戻そうと必死に努力をしても、一度傷付いた心は、元に戻るのに時間がかかると思います。元に戻すためには、誰かに助けを求めないとできない優越感が必要だからです。自信を持って堂々と、あらゆる形で心の傷を取り去るのならば、自分の愛を取り戻すために、涙の影もなく生まれ変われるのならば、本当の悩みと苦しみを消せるのであろうか。ひとつの言葉のことで、これほど愛を取り戻すために、あらゆる努力をすれば、確実に実を結ぶ時がくるでしょうか。誰かの助けによって、変わりつつあることは事実です。今となっては、何もなくなったのですが、南さんとの関係はなんだったのでしょう。

大きく離れて行く友の心の奥に、何があったのか。私とのすれ違いの選択が、遠くなり始めた心の行き場は、身を切られるような悩みと苦しみが交差します。

もう少し話し合いができていれば、友との間も、心の中も許されていたかもしれませんが……。

人に言えない悲しみと苦しみの中に、自分の姿を見つけ出すことができず、知ることすらままならず、楽しかった思い出だけが甦ってきます。

今はただ、痛切なまでに後悔するばかりです。人間として簡単には許せることではなく、また許されることではないからです。

実際、私に少し冷たい面があったからかもしれません。友の心を取り戻すことは大変であるということはわかっているつもりですが、私の気持ちを友に、少しでもわかってほしいということです。身を切るような心の苦しみを、友は当然と思い、受け止めているかもしれない。人には言えない心の奥で感じてみたら、そんなに簡単に許せるものではないのでしょう。自分の立場をはっきりさせるには、自分がこれまで封印してきた過去を話さなければ、友はわかってくれないでしょう。

心の深い悲しみに迷っているような、置き場のない真実を知ることはできないのでしょうか……。確かに、頭の中で想像するよりも小さな糸口を探しあて、そのなかで、自分と言葉を通して、具体的に考えていかなければならないのでしょう。

しばし我を忘れ
悲しく苦しかった出来事を
忘れて考え希望となり
自分の閉ざされている心の中を
立ち込める風が
やさしく包んでくれるように

人との会話も気にせず、一歩ずつ踏み出すことで、自分への悲しさ、苦しさが見え隠れするかもしれない。

孤立して行く自分の姿に思いを寄せて、自分がまるで罪を犯したかのように、人に言われたことをいつまでも思うのではなく、体を楽にさせることを心の中で祈ります。

あの時の私は、個人的に話し交わす人の言葉を、訳もなく勘違いして泣いた日もあった。

自分の感情を納得できないほど、心はボロボロになり、流す涙で雨のように濡れていた。

人は残酷にも見え、時には理解できないほど躊躇《ためら》い、すでに表情さえも表現できなかった。

しかし自分を憚《はばか》るものはなんだろう。

やはり心配が先立ち、交錯する言葉の行く手に迷い込み、安心して眠ることすらできない日々の思いで、気持ちの底知れない姿は、痛々しいものだった。上司の残酷な暴言に疑問をぶつけたいと思う気持ちは、今日まで続いています。訳もなく私を犯罪者という形にされたことは、私にとって、とってもやりきれるものではありません。内容についての説明も話し合いもなく、一方的な言葉だけで、職場の中のひとりとして、私自身が傷付いたからです。人の前で私に対して衝撃的な言葉を残し、心を取り乱させるような行動をとり、見る者からすれば、その姿は狂ったように見えたかもしれないです……今となっては……。

花の命は短くて
遠い昔の思い出に
今も消えることない
花の命の重たさを
この世の人の命にも
大自然の中に
置き忘れたもののように
はかなく消えゆく思い出を

事務的に行われた……何人かの人を集めて、一方的な言葉をその場の人達に話し、私の知らない所で、言葉は歩いていたのです。強く怒鳴りつける上司は、もう以前の上司の姿ではありませんでした。

私は苦しみ、悩みました。どうすれば私ではないということを、皆にわかってもらえるかを考えましたが……答えは出ませんでした。自分の感情を押し殺してまでも、ひたすら思いを心の奥に閉じ込めることで……。

自分の本心では、決して望んでいることではないが、一緒に働く人との中で迷惑を掛けてはと思い……休みを頂くことにしたのです。固く決意をした私は、受け入れる言葉を考えながら、家についたのです。

私は、自分自身に心を抱いてくださる人に愛を感じていたのかも……。

休みを頂いて数日が過ぎた頃、職場のある人から一本の電話があり……電話口の向こうでは、あの問題は個人的なことだというものでした……私には、少しもいい内容の話ではありませんでした。この電話は、出来事をよく知っている人からだったのです。世の中には、このように、人を弱くも残酷にもさせるものがあるということが、私なりにわかったように思います。

ひとつの言葉で崩れ落ちてゆく心は、消えてしまうような絶望的な状態になり、人の言葉を聞くこともままならず、感情表現がうまくできず、忘れることのできないものでした。

傷付いた私は、自分の気持ちを少しでも取り返しつつ、自分の姿を悲しく切なく感じながら、毎日の生活の中で言葉と向き合いながら、人間関係を中心に言葉というものに心を打たれました。

色々な記憶の中で、話し掛けられない人、話し掛けられる人、それぞれありますが、それでも生きてゆくうえでは、言葉がなければ淋しい人生を歩まなければならず……このような姿を見て、悲しく切なく感じながら、自分の本音を打ち明けることで、自分の気持ちを忠実に守っていきたい。これが本当に物語なら、どんなにいいかしら……と思う。

過酷な運命に妨げられ
愛する人との別れの切なさを
隠された細胞は粉々に崩れ
愛に破れ
はい上がってゆく
別れの切なさを

結局、何も事実を知ることなく、言葉はどのように歩いたのでしょう。

話という言葉の中に、切ない感情を持って生きてゆくうえで、混乱に陥った時、人間は誰もがあまりにも重要な感情を表す。問い詰められた時、私は誰なのかと思います。差別する職場の中で見られる、嫌な人間関係を完全に意識していました。

今でこそ変わりましたが……。

私が変わることで、人の気持ちも変わることを知ったからです。自分の姿は、命の水のように美しく切ないものです。

自分の心の奥に閉じ込めてきた思いを……今ここで書くことで、私の命が芽生えてきたように思います。言葉は小さな出来事だったかもしれないけれど、私の心の痛手は大変でした。

今思えば、過去を振り返ることなど、どうでもいいことかもしれないけれど……。

これからは、自分から良い方向に考えてゆく姿と心を持って、生きてゆくために、私のできる限りの愛と心で、他人を苦しめることよりも、自分の愛のために、人々の言葉で会話してゆくことを願うのです。人に愛されたいと思うが故に、苦しんだのかもしれません。

私は自分自身がハラハラしながら、自分のことが理解できずに切なくて、周りの人を遠ざけていたのかもしれません。

自分のことだけを考えたいとしたら、明らかに自分のことであり、自分の手の中にあると思っていたのが最大の失敗です。

自分の心が、抜けていくようになってしまう気がしてくるのです。

あっさり終わらせようとしてもできない心の傷は、私の胸の傷なのです。

自分自身が、本当に自分の気持ちを信じていたならば、このような不安はなかったのです。

様々な出来事に感情の流れを思い出し、それを愛に託すなら、人は「エゴイスト」かもしれない。私を恐怖に陥れた人は、自分が「ヒロイン」になったつもりでいたのでしょう。大切なことは、その人ひとりひとりの受け止め方だったのでしょう。

そこまでして、私を陥れようと考える人の気持ちがわかりません。

色々な出来事を作りあげる気持ちが、あまりにも切ないです。これは、他人のことだからできたことでしょう。心の傷を苦痛になるまで気付かせない人こそが、悪い人だと思います。職場の人々の中で、私だけが傷付き、苦しみ、心の痛みに耐え忍び、心の傷が深く、谷底に崩れ落ちて行くような姿を見つめながら、胸の中の痛みを消そうとするのです。

自分自身の苦痛に耐えることで、私の一歩が始まるのです。自分の気持ちを主張しようと思っても、人に話す言葉は怖かった。

私は二～三人の言葉によって犠牲者となり、過ぎる思いを受け入れることは、容易《たやす》いものではなかった。自分が立ち去ることで、この出来事が終わるのならば……。

負け犬になりし
感情を表に出して
ゆくあてもなく
記憶のない、ひとかけらの滴とて
ささやかな気持ちで

同情の数々あれど
計れる共感に心満たされ
心の奥の悲しみを

誰かが出した手紙か電話か知らないが、人の心をもてあそぶかのように、秘密のように友に送られたことを耳にした時、私の胸は、張り裂ける思いでした。気持ちのやり場のない私には、悲しい毎日でした。

人の多いこの社会の中で、自分の人生に自信を持って……結果としては、裏切られたのかもしれませんが……心の中で気持ちが表現できたら、友と話した様々な言葉の思い出が甦ってくる。友の気持ちを少しずつ片付けてもいいかなと、気持ちの中でふと思う。

友とのいい思い出だけを胸の奥に残して……。

私の心を不吉な予感が支配しているようです。一方的に言われた言葉の数々をたどりながら、残り少ない人生の中で、この世の未練を残さないようにと思ったのかも……。

とうとうここまで隠されてきた言葉の謎と、AさんとBさんのもとへ送られた手紙や電話の数々は、過去の秘密としてあばかれないままなのでしょうか。

狂ったように病気にまでなった私のことなど、どうでもよかったのでしょう。

私には何も明かされず、すべて秘密の謎に包まれたまま、上司はどのように考えているのでしょう。

ひとりの人間を虫けらのように思い……失われていく言葉のひとつひとつを明かすことなく……。

すべての問題を解決したかのように思われているようです。

それでも、明らかにしなければならない心の傷は消えることはなく、本当の言葉がほしかった。

本当に切実な気持ちがあるのならば、自分の気持ちをさらけ出し、上司という立場で考えて答えてほしい。

人を人だと、少しでも思っているのでしょうか。人の気持ちをもてあそび、自分の思うがままにとった行動は、なんだったのでしょう。

人の気持ちがわかる人ならば、相手の気持ちも少しは考えて、温かい心がほしいように思います。ひとつの言葉によって貸し借りをするような、言葉のやりとりのなかで選択をしたようだ。私のまったく知らなかった手紙は、いったいなんのために……。

私をリストラするためのものだったのでしょうか。私の心の奥深い傷は消えることはなく、記憶の中に残るでしょう。

私の受けた心の痛みは、自分の記憶の中で交差するのです。

何事も隠さず、話し合える友を……。

お互いを理解し、心の病を聞いてくれる友の公ちゃんに助けを求めて、話を聞いてもらうことにしたのです。

公ちゃんとは、お隣の、私の姉のような方です。

私の一方的な話だけれど、私は何もやっていないことを、公ちゃんはわかってくれたように思った。ご存じのとおり、私は自分の問題に、大きく行き詰まっていたのです。

取り戻すことは何もないが、自分の意識と不安と悲しさで日々を送っていました。

周辺の人達の不安感の中で、私の心の傷を必死に看護してくれた人が、公ちゃんだったのです。

自分のことのように力になってくれて、愛する気持ちをくれました。決して負けることなく、愛は実を結ぶと言ってくださったのです。

私の心は、空中に浮いたような感じでした。うまく表すことはできないけれど、いつも一緒にいられる、心の休まる人なのです。悲しく切ない愛と言葉は、やがては残酷な言葉となって私を苦しめたが、時間の流れと共に、やさしく包んでくれる言葉となって返ってきた。心の灯火は、消えることなく私の心の中で生きている。いつしか年を重ねるなかで、流した涙には偽りはなく、愛の言葉へ変わりつつあるのです。誰にも言えない言葉を、皆がそれぞれ心の中に持っていると思いますが、小さな心と大きな心との違いによって、人々の中で交差し合った言葉の数々を、私は自分自身に知らされたように思います。言葉には、感情もあれば恨みもあると思います。ひとつひとつ愛するものが消えていくなかで、見出すことのできる何かを選択しながら、前向きに歩むことで、これからの自分の人生へと……飛び立つ時が来るのではないでしょうか。

人と会話する時は、責任をもって、言葉のひとつひとつを頭で考えて話すことが、大切なものに繋がると思います。

自己評価できるような言葉を、人はいくつ知っているのでしょう。

心は切なく美しいものであってほしかった。出来事を振り返って見て、ちょっと恥ずかしいようにも思えた。自分がペンをとることで、再び記憶の瞬間が、あの時のことが、胸の奥まで甦るように……。過去の思い出を押さえながら、あの時の気持ちを思い返し、その時の思いを心の中で描いていました。自分の気持ちを取り戻そうとしても、何も見えない糸が絡まっているように見えたからです。本当に、夢を見ているかのように、心を吸い取られた蝉の抜け殻のようでした。私の心の中では、不吉な予感が入り交じり、なんの糸口も見つからず……。

私が変わることで、人の気持ちも変わることを知った。人の姿は、命の水のように美しく切ないものです。自分の心の奥に閉じ込めてきた思いを今、ここで書くことで、私の命が芽生えてきたように思います。小さな言葉にすぎなかったかもしれないけれど、私の心の痛手は大変でした。

今思えば、過去を振り返ることなど、どうでもいいことかもしれないけれど……。

あと一ヶ月でやめると挨拶の中で言った時、もうそろそろ出て来るのではないかと思ってくれていたみたいです。私にとっては、そのことはうれしかったです。

いかなる時も、人を愛するという気持ちに変わらず歩みよることが、どんなに大切なことなのかを知らされたように思います。

傷付いた心は、決して負けることのない愛の実を持つでしょう。

待ち続けて、自分の愛が受け入れられれば、どんなにか心が安まることでしょう。過去と現在の心の傷の痛みを、ひとりの人の一方的な言葉によって、多くの人に告げられた、私の気持ちがわかりますか？　私は疲れ果て、自分の力では、どうにもならない気持ちだった。時間だけが過ぎていくなかで、個人的に愛を強く持った人間と、愛に負けた人間が、別れを決心した。

時間が経って、あの時のことを思い出した。

新しい気持ちになって、自分の姿を鏡に映して、自分に問い掛ける……私は、変わったかしら……。

私の記憶で話したことを、心を寄せ合った公ちゃんは受け止め、現実から離れて、色々な言葉を一部始終説明してくれました。あの出来事を乗り越えられたのも公ちゃんこと、お姉さんのお陰です。あらゆる言葉を数えながら、互いに伝えたい言葉を選択することができたのでしょう。

私の心の傷は、どのように変わってゆくのでしょう。本当の言葉の意味での履き違いから起こった出来事の数々で、思い知らされたように思います。相手に言葉を伝えるということが、これほど難しいものとは思いませんでした。

人の世に心の奥の思い出は
悲しい言葉の滴とて
生まれ来たるは人の愛
自分の胸を切り開き
思いとどめてゆく姿

あとがき

言葉について

「言葉の真実とは……」

その出来事とは、三年前の出来事です。平成十三年の会社の旅行から起こりました。私の一言から始まったのです。

旅行から帰った私に、他の人が楽しかったと聞いたので、楽しくなかったと言いました。ひとつの言葉から、数日が過ぎ、同僚のAさんと同僚男性のBさんの家に電話と手紙とハガキが来ていたそうです。でも、私はなんのことかわからず……その日その日を過ごしていたら、いきなりBさんから呼び出しがあり、「お前やろ。ええ加減にしろよ」と言われたのです。その同じ日に、私は男性上司に事務室に呼ばれ、Bさんから言われたことと同じことを言われたのです。その部屋には、女性上司も同席されていたのです。

その時、男性上司から、Aさんのご主人が警察に知らせると言われているが、警察に言われたら、会社の経営のことがわかってしまうやろと言われたので、私には経営のことはわかりませんと言いました。そして、電話も手紙もハガキも出したことなどありませんので、調べてくださいと言いました。証拠もなく、憶測だけで私に濡れ衣を着せようとされたみたいです。

職場には、私の書いたものが多くありますので、疑う前に筆跡を調べれば、誰のものかは大体の見当はつくはずですと言いました。

まじめに勤務していた者が、ある日を境に、奈落の底に突き落とされた心境でした。

会社がどこまで該当者を捜すことができるか知りませんが、とことん追及してほしいものです。

平成十四年二月　新居に移転
平成十四年四月　実家の両親が入院
平成十四年五月　主人が入院
平成十四年七月　息子の会社が倒産

このようななかで、私は自分の心の傷の痛みと闘いながら、病気の主人には話すことすらできず、私にとってとても大変な時だというのに、AさんとBさんの家に電話や手紙やハガキなど送れません。何故、このようなことを言われたのか。被害者でありながら、罪ある者とされ、ゆく道をふさがれ、証拠として何もないなかで映し出されたものは、なんだったのでしょう。

この三年間の結果を明かすことなく、回答すら教えてもらうことなく、濡れ衣を着せられたまま、職場を離れることとなりました。

謝れば済むということではなく、上司としての姿勢がほしかった。

その一言で、相手の言葉の受け取り方によっては死に至ることもある。

人権とは、誰にでも差別なく、温かい気持ちでいること。

一歩、足を踏み入れるごとに時を忘れ、あてもなく歩いているうちに、言葉に愛着を持っているようにさえ見えました。

言葉に歩み寄ることで、自分の心の中の道なき道を歩き、相手の気持ちをかみしめ、同じ思いをしないように生き続けることが、私に与えられた役割なのかもしれないです。

ひっそりと消えようとしていた私の心の中に、明かりを見出し、時を忘れる。そこで消えゆく言葉とは、ボタンの掛け違いなのかもしれないですね。

友に語る出来事が、止めようもない思いで流れに任せて、言葉はいつも人々に伝わり合う。

出来事の言葉の文字を理解しつつ、目に入らない言葉の数々を、未来へ持ってゆかねばならず、意外な角度から思い浮かべることが、どんなに楽しいものかを……。

やさしく接してほしかった。

重要な事実も明らかにされず、私の心の中を白紙に戻してほしい。

実際に起こった事実に目隠しし、背後に廻る人の影は、秘話のままで終わってしまったのでしょうか。

人の作った迷路の中は、複数の人によって現状の裏返しにされたのでしょうか。置き換えれば、これから先も、適切な変化が見られないまま、平気で人を傷付けるのは、想定しにくいのではないでしょうか。

言葉によって打ちのめされた私の心は、盛り込まれた一節なのでしょう。

階段を交差して行く自分の姿が、見覚えのない交差点に差しかかった時、自分は変われるかもしれないという満足感に満ちたのでしょう。

毎日、繰り返される言葉の階段は、行き交う人との言葉のすれ違いのように……。

言葉に情熱を持って接し、愛を語り合う意味を明らかにし、その重要性を表現できれば、生き抜く意志も育むことができるのでしょう。

私は、この作品を通して、言葉の影の映り変わりは、自分に起こった出来事の中で味わった、数々の言葉と人との繋がりは、計り知れないものだと思いました。

心の傷を癒やしてくれる友の言葉との出会いの中で経験した、日常の生活の中に生きる愛情と信じる心の間に入っていく、自分の姿を描いたのです。

親友に裏切られた過去のなかで、自分を責め、自分のあらゆる言葉をかみしめながら、三年前の時間に戻れるのであれば、積み重ねてきた心の傷を受け止め、傷付いた心を切なく思うのです。人を愛するということは、人を信じるということなのではと思います。夫婦の絆、友との絆の中で、温かく見守る自分がいたならば、時間を元に戻すことはできるのでしょうか。

友との別れが、これほどまでに切なく感じたことはありませんでした。言葉の裏と表の間に、愛をなくしていたのでしょう。

過ぎし日の時間の流れにある苦しい心の傷から抜け出し、友との良き日の思い出だけを持ち続けて生きたいと思います。

この言葉の出来事に対して、関与してくださった皆様方に、感謝と御礼を言いたいと思っております。

私の人生の中で、言葉の怖さ、苦しみ、感動するような皆様の言葉の数々によって、私は救われたように思います。

ひとつの言葉によって、これほど恐怖を味わったことはありませんでした。

でも、やさしく接してくださった多くの皆様方に御礼を申し上げたいと思います。

私が「うつ病」という精神的・肉体的にも傷を負い、思いもしなかったことが、現実のものとなって私の身に迫ってきたこと……。体力の低下が限界まで達した時、私は何を考え、何をすべきかもわからず、途方に暮れていた時……隣の公ちゃんが愛の手を差しのべてくださった時のうれしさは、忘れることはないと思います。

人が人を面白おかしく思うなかで、公ちゃんは本当に心から私のことを考え、温かく見守ってくださった人です。

この方がいなかったら私の行方は見えなかったかもしれないと思います。

風のごとくさりげなく、流れゆく言葉の数々を、居心地のよさと、美しい心の安らぎを与えてくださった公ちゃんへの、感謝の言葉にしたいです。


大切な人、向き合える人、人生の中で言葉の受け止め方は様々である。それらの立場から考え、人との出会いのなかで学ぶことの楽しさを、必要性に富んだ新しい生き方を考え、いわゆる知識を盛り込むための言葉の繋がりを身近に感じ取る。人としての未来を、通り抜ける風のように横目で見ながら、穏やかな流れに身を任せ、輪を広げてゆけるような仲間を増やし、残りの人生をゆっくりと歩むように、心掛ける気持ちに変化していけたら素晴らしいと思います。

本当にありがとう。

たくさんの人々のお陰で、私も元気になりました。

色々とお世話になった皆様方に感謝を致します。

これを読んでくださった方々にも感謝を致します。

この世の名残の言葉とて
人に言えないものもある
明日の愛にたくしても
苦しき心の痛みさえ
消えることなく墓場まで
背負ってゆく姿ここにあり
悲しき心の思い出を
胸の奥にとどめさせ
楽しい喜び感じつつ
これがこの世のさだめとて
人に言えないことばかり

闇の中に消えた言葉の秘密

2022年 9 月15日　初版第 1 刷発行

著　者　平出 美恵子
発行者　瓜谷 綱延
発行所　株式会社文芸社
〒160-0022　東京都新宿区新宿1－10－1
電話　03-5369-3060（代表）
03-5369-2299（販売）

印刷所　株式会社エーヴィスシステムズ

©HIRADE Mieko 2022 Printed in Japan
乱丁本・落丁本はお手数ですが小社販売部宛にお送りください。

送料小社負担にてお取り替えいたします。

本書の一部、あるいは全部を無断で複写・複製・転載・放映、データ配信することは、法律で認められた場合を除き、著作権の侵害となります。

ISBN978-4-286-24016-9